Les trois amours de Benigno Reyes

John-Antoine Nau

...

Eugène Léon Édouard Torquet, dit John-Antoine Nau, né le 19 novembre 1860 à San Francisco (Californie) et mort à Tréboul (Finistère) le 17 mars 1918, est un romancier et poète symboliste américain d'ascendance et d'expression françaises. Perpétuel voyageur hanté par la mer, il fut avec son roman Force ennemie le premier lauréat du Prix Goncourt en 1903.

...

Pour Georges Poirel.

I

Ce matin-là il parut à Benigno Reyes qu'il s'éveillait, non seulement de son long sommeil sans rêves, mais encore d'une torpeur de quinze années qui l'avait rendu indifférent à l'étrangeté des êtres et des choses.

De sa fenêtre il apercevait l'immense rade foraine aux flots verdâtres un peu jaunis, comme huileux, sous le ciel d'outremer intense dont toute la splendeur ne parvenait pas à modifier la teinte morne du grand désert marin à peine mouvant, sans écumes et sans courants perceptibles.

L'Océan Pacifique, partout ailleurs si radieusement céruléen, semble, sur plus d'une centaine de lieues, le long de la côte sud-ouest du Pérou et de la portion tropicale du Chili, refléter la tristesse de la terre effroyablement aride et farouche.

Tout près de Benigno, un petit quai aux pierres fendillées s'effritait entre deux maisons basses d'un délabrement sinistre : toits grisâtres crevés par places, vérandas effondrées sur des piliers en arcs, volets à moitié arrachés. Et le plus lugubre, c'était que ces ruines avaient des habitants, – d'affligeantes familles aux teints de sépia, maladives et déguenillées, dont les enfants ulcéreux et rachitiques somnolaient devant les cases, accroupis dans la poussière et les ordures, ou jetaient des pierres à des chiens inclassables.

Des rails luisants – c'était tout ce qui brillait dans le paysage – filaient à perte de vue sur le sol fauve et sec entre deux rangées de poteaux télégraphiques, seule végétation de la contrée – avec un maigre cocotier empanaché de pennes plutôt jaunes, un acacia épineux vestige d'un square dont les grilles subsistaient, cinq ou six cactus-raquettes d'un ton de cendre à peine verdie et trois aloès monumentaux mais valétudinaires : des aloès mal portants !...

Un semis de plâtras, de constructions roussâtres ou crayeuses, dessinait tant bien que mal des rues difficilement discernables, – vue prise de la fenêtre ; et c'était là – dominé par une énorme, une titanesque muraille de montagnes nues, sauvages et effrayantes – le panorama intégral de Toboadongo, « ville maritime du Chili, province de Tarapaca, par 19° 30' latitude sud et 72° 39' longitude ouest, conquise sur le Pérou en 1878 ; salines, dépôts de nitre ; 5900 habitants », – pour parler comme les dictionnaires de géographie commerciale.

Benigno Reyes regarda un moment l'appareillage d'un voilier dépeint, rouillé, gondolé, aussi galeux et lépreux que le décor terrestre ; il envia les quatorze ou quinze privilégiés, capitaine et équipage, qui se confiaient à sa charpente dangereuse pour fuir l'abominable région désolée, et leur souhaita dans son cœur, bon voyage et bonne arrivée : c'eût été vraiment trop terrible de se noyer sans avoir revu des terres un peu plus amènes que les plages de la maudite province de Tarapaca. Mais c'était égal, – leur sort, quel qu'il fût, demeurerait préférable au sien : ils avaient de grandes chances, à présent, de ne pas mourir à Toboabongo ! Tandis que lui !...

Ah ! le charmant séjour que ce Toboadongo ! Certes, sans compter les assommoirs, on y possédait comme lieu de distractions un bureau télégraphique des mieux montés : on pouvait même téléphoner des messages aussi facétieux qu'inutiles à de joyeux employés logés dans des postes-cahutes au beau milieu de pays vagues où les habitants étaient aussi rares que les arbres. Par contre il fallait généralement visiter quatre ou cinq magasins avant de découvrir des denrées médiocrement comestibles : l'unique boulanger n'avait pas toujours assez de farine pour faire du pain pour tout le monde et les approvisionnements de riz et de maïs étaient limités.

Le boucher ne tuait que les jours où les vapeurs de la « Great Inca and Patagonian Company » débarquaient pour son compte deux ou trois veaux monstrueux, tout en pattes et en côtes, fallacieusement qualifiés de bœufs, – ou d'attendrissants petits moutons à mines d'enfants poitrinaires. Et si l'on découvrait assez facilement, de temps à autre, chez l'épicier teinturier ou chez le restaurateur-pharmacien, d'épais carrés de morue bien jaune, rigide comme la femme de Loth et pour la même raison, – on ne voyait pas une barque de pêcheur sur la mer pourtant follement poissonneuse. Des légumes ?... il n'y en avait que sur les planches coloriées de quelques bons ouvrages de botanique enfouis dans la bibliothèque du Senor Cura[1] ; mais, en revanche, abondaient sur le marché de jolis morceaux de cuir de basane connus sous le nom flatteur de tasajo[2] ; – certains colosses munis d'estomacs de tôle ou de platine se vantaient, en exagérant un peu, d'avoir digéré de ces tiges de bottes au moins trois fois dans leur vie, après quelques heures de combat.

Les jours de spleen on avait la ressource de faire pas mal de lieues dans la... campagne, sur la plate-forme du tramway électrique de système ultra-

---

1 Curé.
2 Viande séchée.

perfectionné qui circulait depuis un point sans nom dont la population consistait en un factionnaire gratifié d'une guérite à claire-voie jusqu'à la station « del Gran'Libertador », – moins triste, – puisqu'à défaut de tout abri humain on y voyait encore les fondations d'un ancien magasin à salpêtre – et que de hardis spéculateurs avaient eu jadis l'intention d'y construire un casino ! – Ils avaient eu bien soin de ne rien bâtir du tout après y avoir mieux réfléchi, mais une personne d'imagination moyenne pouvait toujours passer quelques minutes agréables à se figurer la somme d'animation et de gaieté qu'eût fournie un kursaal édifié en un pareil endroit.

Cependant la Compagnie du Tramway (Limited) faisait mal ses affaires bien qu'une excursion en l'un de ses cars offrît tout autant d'intérêt, grâce à la variété des sites, qu'une promenade sur une table de cuisine passée à l'ocre et indéfiniment prolongée.

Il y avait aussi un chemin de fer qui pouvait, un jour ou l'autre, d'après les projets de ses entrepreneurs, réunir Toboadongo à divers « grands centres » de la Bolivie. Mais la gare seule était terminée, les travaux ayant dû prendre fin le jour où la Société du « Ferro-Carril internacional Sur-Americano » avait reçu la désastreuse nouvelle du naufrage de sa locomotive coulée à pic dans le détroit de Magellan avec le steamer qui l'apportait.

Il y avait de plus les parlotes chez le pharmacien ; le club installé dans la fameuse gare, un club où les cartes tachaient les doigts et où l'on ne trouvait à boire que de l'eau-de-vie de Pisco, un club où sur douze membres dix étaient, la plupart du temps, malades ou en voyage ; l'hôtel belge où l'on mangeait du homard conservé...

Il y avait encore...

Mais Benigno trouvait tout cela parfaitement

insuffisant, surtout ce matin-là où la tristesse le reprenait à la gorge aussi furieusement que le jour de son arrivée, – après quinze ans d'un engourdissement qu'il ne s'expliquait plus.

Il importe de dire que Reyes était un calme canarien du Puerto de La Orotava, dans l'île de Ténériffe, généralement un peu plus imaginatif et réfléchi qu'une mule de son pays natal. Du moment qu'il gagnait sa vie, le milieu ne lui importait guère et avant de se fixer à Toboadongo il avait déjà pérégriné quelque peu à la recherche, – non point d'une « position » lucrative, – mais tout simplement de maigres gages permettant des festins de soupe et de gofio[3], plus le luxe d'une très petite tirelire.

Ses passages sur les bateaux, il les avait toujours payés en travail.

Fils de bourgeois ruinés, pourvu d'une instruction décente, il s'était vu obligé de se faire ouvrier pour vivre et d'émigrer en conséquence, – la furibonde vanité de ses parents ne l'ayant jamais autorisé à exercer une « profession vile » sur le sol qu'ils daignaient fouler. Successivement scieur de long, puis trieur de tabacs aux environs de La Havane, plâtrier à Caracas, chauffeur sur la voie ferrée de Colon à Panama et charpentier à bord d'une goélette équatorienne, il avait été débarqué sans une perra chica[4] à Toboadongo par le capitaine Yrrigoyenechea du port de Guayaquil, le vilain soir où ce navigateur, plus ivre qu'à l'ordinaire, s'était aperçu que la présence d'un marin étranger déshonorait la vieille carcasse de son navire.

Et dans l'atroce bourgade chilienne la chance souriait enfin à Benigno Reyes : de garçon d'auberge il devenait commis de négociant, plus tard négociant

---

3 Farine de maïs.
4 Un sou.

lui-même et spéculait aujourd'hui sur les nitres sans trop de maladresse.

Sa petite maison était l'une des demeures confortables de Toboadongo, – tout est relatif ; – il figurait sur la liste des trois membres de la Chambre de Commerce locale et pouvait rémunérer les services d'une vieille bonne indienne et d'une espèce de vacher cuivré, à face patibulaire qui pansait un cheval poussif que l'on sortait le moins possible et « faisait les commissions » ou pour mieux dire se traînait lentement d'une boutique de fournisseur à une autre, se vautrant des heures le long du premier mur venu.

Ses quelques amis buvaient parfois chez lui de la bière « hambourgeoise » fabriquée à New-York et y fumaient aux grands jours des puros de La Havane importés de Huanuco.

On avait vu sur sa table, un soir de réveillon, ces choses invraisemblables : une boîte de galantine, la seule qui fût jamais parvenue jusqu'aux rivages de Tarapaca (sans doute à la suite d'une erreur), des fruits confits et une douzaine de harengs saurs !

Aussi Benigno Reyes prenait-il, de coutume, la vie comme elle venait, – sinon très joyeux, du moins insensible aux horreurs ambiantes : n'avait-il pas conquis une « situation » inespérée ? Sa minuscule tire-lire s'était muée en coffre-fort de taille moyenne et, s'il pouvait un jour « faire rentrer » ce qu'on lui devait, ne lui deviendrait-il pas loisible de regagner son archipel dans une bonne cabine de paquebot, d'aller redorer la vieillesse de ses parents et s'installer dans une petite finca payée de ses cuartos, à l'ombre des dattiers et des pêchers-durazneros ?

Mais ce matin-là il venait de se rappeler qu'il avait atteint ses quarante ans dans la nuit, « en tenant compte de la différence des longitudes » (il était l'un des rares Canariens qui sussent le jour et l'heure de leur naissance). – Et tout à coup il était pris d'une colère froide mais féroce contre sa destinée : avait-il jamais vraiment joui d'un seul des rares bonheurs de la vie ? Il s'était toujours vu travaillant et travaillant encore, sans autres plaisirs que les plus grossiers, dépourvu de toute réelle affection. À peine avait-il eu le temps de connaître les beaux, les fameux rêves de jeunesse ; et lequel de ces rêves s'était réalisé ? – Oui, il possédait quatre sous, – c'était entendu ! Mais après ? Avait-il eu jamais la chance de s'amuser une fois pleinement, franchement, comme on prétendait que tant d'idiots qui ne le valaient pas arrivaient à faire avec conscience et régularité ? Avait-il rencontré une seule femme qui l'eût aimé ? Que savait-il des joies sentimentales ou intellectuelles ou de quelque joie que ce fût, du reste ?

Ah ! la belle vie que la sienne ! – D'abord l'errance forcée, alors qu'il était de goûts sédentaires, et l'errance avec tout un cortège de misères, de mauvaises fièvres, de privations : puis la prospérité à Toboadongo, dans un milieu de crétins, d'avachis ou de filous tolérés incapables d'une idée qui ne se pût monnayer, dans un décor de masures croulantes peuplées d'êtres de cauchemar, sous les rutilances d'un soleil splendide qui n'illuminait qu'un funèbre et infect paysage couleur de guano !

Reyes quitta la fenêtre, qu'il referma d'un coup de pied, – brutalité inconcevable de la part de ce flegmatique. Eh ! tant pis ! Il ne casserait toujours pas de carreaux puisque, dans ce divin pays, on remplaçait les « cristales » par des jalousies à lamelles de bois mobiles manoeuvrées par un jeu de ficelles et de clous ! Il eut envie de se recoucher, d'annihiler pour des semaines, en tenant les yeux fermés, « esta porqueria de Chile »[5].

---

5 Cette cochonnerie de Chili.

Mais comme il regagnait son lit (son « catre » à sommier de peau de bœuf), son regard fut attiré par le petit rectangle blanc et noir du bloc-calendrier d'où il avait, comme toujours, arraché un feuillet la veille au soir après la dernière cigarette, à la minute où il allait éteindre sa bougie et se couler dans ses draps.

« Espèce d'animal, grommela-t-il, puisque tu as été capable de te souvenir de la date à laquelle tu prends tes années, comment n'as-tu pas eu l'instinct de te dire que le jour suivant, le 15, était jour de paquebot ? Et tu te crois un commerçant ! Il est vrai que pour le courrier que tu as à expédier cette fois... Pleine morte-saison !... »

Après s'être fâché, il s'égaya, clignant de l'œil malignement du côté de l'horizon, – la fenêtre rouverte, avec tendresse, cette fois, – et murmurant d'un air bonhomme :

« Eh ! eh ! on va se la souhaiter, sa petite fête ! Quelle ressource que ces capharnaüms de paquebots ! Il y a de tout à bord ! De tout ?... Enfin c'est déjà bien gentil, ce qu'il y a !... »

Il avait raison de reprendre sa bonne humeur. C'était un gros événement – et un événement agréable – que l'arrivée des steamers qui, deux fois par mois, l'un remontant de Valparaiso et escales, l'autre descendant de Panama en touchant à tous les ports de la côte, venaient visiter la gracieuse et plaisante rade foraine de Toboadongo. Tout le littoral, d'Esmeraldas à Lota, et plus spécialement l'interminable région rousse et maudite comprise entre les Chinchas et La Caldera comptait les jours et même les heures à partir des sorties jusqu'aux entrées des bienheureux vapeurs. Toute la population saurée par le soleil et rongée par l'ennui des Tarapacas et des Atacamas sortait de sa léthargie dès que l'un des « Inca and Patagonians » était signalé. Ceux, surtout, des célibataires « à leur aise », hijos del pais ou étrangers dont les piastres avaient besoin de changer d'air, se distinguaient par leurs allures frétillantes et leur rage un peu comique d'aller canoter sur rade à la rencontre du paquebot.

Lassés des eaux-de-vie du Pérou, des nourritures invraisemblables ingérées pendant quinze jours et – disons-le aussi – des rares maritones indiennes dont la laideur n'eût pas préservé de leurs entreprises la très relative vertu, ils ne mettaient pas des heures à prendre le « Patagon » à l'abordage.

Car chacun des vapeurs de cette ligne maritime qui desservait la longue, longue côte occidentale du Sud-Amérique était, – pour la plus grande indignation des passagères bourgeoises perspicaces, pour le plus intense dégoût des capitaines et officiers et pour la plus complète joie du riche Conseil d'administration de la Compagnie, – à la fois un restaurant flottant, un café, un magasin et une sorte d'assez convenable bateau de fleurs.

Embarquées sur ces steamers pour des périodes variables, – de fines Liméniennes dont les visages de camées aux fières courbes délicates s'éclairaient de prunelles de flamme, des Guayaquilaises bronzées d'un charme sauvage, de pâles, grasses et douces Talcahuaniennes, des filles de l'Isthme, languides et ocreuses, aux chevelures bleues, de jolies et vives Mexicaines dorées de soleil, et même de brusques, de rauques et de charmeuses Espagnoles du Vieux Monde, hanches folles, yeux fous, sèches crinières folles d'un brun fauve, – promenaient leurs boudoirs étroits mais confortables sur l'Océan, le long des puissantes bosses et des courbes rentrantes du massif demi-continent, de forme – on dirait triste.

II

Dès que fut arboré sur le tas de boue durcie connu sous le nom de Fort Independencia le drapeau rouge et blanc qui annonçait les « packets », Reyes qui demeurait en face du wharf n'eut que vingt pas à faire pour sauter dans une lancha manœuvrée par deux rameurs plus vilains et plus jaunes que la jalousie.

Mais, chose étrange, au moment même où il courait au-devant du « Patagon » venant de Panama « y escalas » avec un plein chargement de costumes tout faits, de journaux, de lingerie et de parfumerie, de bétail vivant ou cuisiné, de farine, de champagne-vermouth-absinthe et de dames bienveillantes, l'obsession repoussée mais tenace d'un paysage de vieil archipel africain, brillant d'un soleil plus aimable que l'astre inca, tissait autour de lui ses fils blonds, verts et lumineux.

Il n'était pourtant pas sujet aux hallucinations, le Benigno Reyes, mais tandis qu'à sa droite et à sa gauche, devant lui et derrière lui, glissaient ou voletaient des luisances vivement mordorées sur de hideux flots couleur de purée de pois, le sol de sa vallée natale de La Orotava se substituait aux vagues.

Et il n'avait plus du tout nolisé une barque, mais bien un « carro », une charrette canarienne traînée par trois mules. Il se moquait bien de toutes les compagnies de navigation du monde entier puisqu'il revenait d'une « paranda », d'une petite fête organisée entre amis dans la « fonda » de Carmen Gonzalez, près du bourg de La Victoria ! – Il était charmant, ce petit hôtel de campagne niché dans les palmas canarienses trapues, aux pennes drues et luisantes, – avec son escalier extérieur tout enguirlandé de bignonias aux fleurs de corail ambré, couvert d'un toit léger d'autres enredaderas lilas et blanches.

Mais on y avait fait une noce plutôt médiocre en dépit du « malvasia » de bonne qualité – et lui, Benigno, âgé de dix-huit ans, entraîné là un peu contre son gré, s'était lugubrement ennuyé, poursuivi par l'image de Pepa Ramos, qu'il ne pourrait, sans doute, pas voir ce jour-là, grâce à ses ivrognes de camarades. De plus, il avait la certitude de refaire, le soir même, connaissance avec la canne de son père, caballero de mœurs nobles et hypocrites, grand ennemi de ces petites expéditions.

Mais l'air était si tiède, les calices blancs des bomberos[6] exhalaient sur la route une douceur florale si paradisiaquement suave, – et comme gaie – que Benigno se remettait peu à peu de ses inquiétudes, oubliant ses gredins de compagnons endormis au fond du carro comme de fâcheux « cochinos » qu'ils étaient. Qui savait ? Peut-être pourrait-on, malgré tout, arriver au Puerto avant la disparition totale du soleil ; peut-être jouerait-il encore assez de lumière rose dans la rue de Martianez pour que demeurassent discernables les cruels yeux noirs, les frisettes châtaines et les deux affriolants arcs rouges de la bouche de Pepa qui guetterait de son « postigo »[7] la mort du jour. Elle n'était pas sa « novia »[8], cette Pepa ;

---

6 Daturas.
7 Partie inférieure mobile d'un volet.
8 Fiancée (avec un son plus élastique qu'en français).

elle semblait même ignorer absolument son existence, ayant déjà été courtisée par d'autres personnages qu'un fils d'infimes bourgeois vaniteux. Elle avait, au bas mot, deux ans de moins que lui ; mais paraissait une vraie petite femme, – petite, pas de taille ! – tandis qu'on le considérait, lui, non sans quelque raison, comme un blanc-bec.

Il n'avait jamais parlé à la jolie fille et n'ignorait pas que, selon toute vraisemblance, elle n'était pas faite pour lui.

Mais il aimait terriblement à se griser du sourire vague qu'elle ne lui adressait pas, du regard tendre et fier qui ne lui était pas destiné.

Souvent, il avait osé passer, en marchant très doucement, tout près du postigo, sur le trottoir étroit qui longeait la maison de Pepa, et comme la belle niña ne s'occupait guère de lui, perdue, sans doute, dans un songe où il était, certes, indigne de figurer, il avait pu la contempler presque à son aise. Elle avait un teint de rose-thé, de très claire rose-thé à peine ambrée qu'avivaient un peu de faibles transparences incarnadines, – un petit grain de beauté d'un velours très noir qui, placé auprès de la bouche, en faisait ressortir la fraîcheur – et de sombres sourcils une idée retombants, satinés et fournis, dont la courbe à la fois douce et autoritaire le troublait jusqu'au fond de l'âme.

Il ressentait de furibondes envies de lui parler, mais bien que le père Ramos fût peu estimé, car on prêtait à sa fortune les origines les moins honorables, il était certain que sa fille eût été médiocrement flattée des hommages d'un señorito d'élégance douteuse et d'avenir aléatoire...

Oui, après tout, il n'était pas si tard et les mules marchaient bon train : il y avait encore de l'espoir. Le soleil ne se coucherait pas avant une heure et demie

– et l'on dépassait déjà la Farola. Des maisonnettes blanches ou jaunâtres filaient sur le côté de la route, dont l'autre bord dominait de plus en plus de deux cents mètres l'Océan bleu pailleté d'éclats de topaze. Là-haut, sur la montagne rougeâtre et rousse, s'étageaient des palmiers, des vignes, de petits bois sombres de lauriers et de brezos.

En bas, quelques voiles neigeuses mouchetaient l'eau éclatante. Au loin, deux longues et hautes crêtes de l'île de la Palma s'estompaient d'indigo sur l'horizon clair. À un coude de la grand-route, toute la vallée de La Orotava apparut comme une immense coupe à moitié pleine d'une mousse verte de végétation veloutée d'où émergeaient les deux noires montañetas volcaniques de Chaves et de Las Arenas, la première piquetée de grains de chaux qui étaient des villages ; des ruisseaux et des bassins miroitaient dans la verdure où s'éparpillait un semis de petites maisons multicolores pareilles à des touffes de fleurs. Sur une pente glissait l'éboulis crayeux des maisons de La Villa. Dépassant les puissants éperons et les cimes de sierras sombres, le pic de Teyde semblait une énorme tente brune et fauve, frottée de poudre d'or et juchée en plein ciel. Du parapet de la route à la plage lointaine fluaient, roulaient, paraissaient bondir comme des torrents d'émeraude les masses vertes et luisantes des plantations de bananiers nains.

Mais comme on allait vite ! C'était déjà le Ramal[9] de La Villa et – tout de suite après – La Palmita, une grande quinta[10] au frais revêtement de bois ajouré, perdue dans les odorants massifs diaprés et chantante de volières ! La Carretera, maintenant, avait l'air d'une large allée de parc toute bordée de géraniums rouges poussant à l'état sauvage, d'hibiscus à calices

---

9 Le croisement de routes.
10 Maison de campagne.

sanglants comme des gueules de fabuleux serpents d'où seraient sortis de minces dards en chenille jaune soyeuse, de cobocas bleu pâle, d'arbustes résineux à fleurs violettes, de flamboyants de feu et de pourpre, sous la voûte mouvante de grands eucalyptus.

L'Hôtel Taoro sur sa colline ondante de montueux et profonds jardins montrait ses toits de tuiles coralines entre les frondaisons séveuses, frissonnantes de vie. – Et après avoir descendu les Cabezas[11] dont il reconnaissait l'une après l'autre toutes les cases, avec la physionomie que leur donnaient leurs fenêtres, leurs recrépissements, leurs moindres lézardes, Benigno se trouvait en plein port, dans la rue de Martianez rose de soleil couchant, en face de la maison de Pepa Ramos. Tout avait défilé devant lui comme dans un polyorama.

Mais Pepa n'était pas seule : un grand garçon prétentieusement vêtu, bagué comme un Hindou, appuyé sur un gros jonc souple qui décrivait un arc, campé dans une pose qu'il jugeait avantageuse, – une épaule remontée, une hanche ressortie, la main libre posée sur cette hanche et le bras en anse d'amphore, – faisait le joli cœur devant la fenêtre.

La jeune fille lui disait quelques mots en lui désignant Benigno. L'élégant se retournait, toisait le nouveau venu et partait d'un éclat de rire auquel répondait le rire perlé de Pepa, un rire méchant, féroce... et délicieusement musical qui déchirait le cœur de l'infortuné Reyes en même temps qu'il lui brisait les bras et les jambes, lui laissant tout juste la force de se retirer à très petits pas de vieillard accablé alors qu'il eût voulu bondir à la gorge de l'insolent ou tout au moins s'enfuir vite, vite, et loin ! pour échapper à jamais aux regards des deux abominables moqueurs dont il ne pourrait plus, il le

____

11 Quartier haut du Puerto de la Orotava.

sentait, – ou le croyait bien – rencontrer les yeux sans mourir à moitié de honte et de fureur ! – De fureur rentrée – car l'odieux fantoche qui venait de lui faire une inoubliable injure était un Pesomayor-Buenafinca, rejeton de l'omnipotent banquier créancier de toute la province des Canaries ; et si l'offensé voulait voir à ses trousses la police des Sept-Îles Fortunées, il n'avait qu'à s'attaquer à celui-là !...

Cette scène courte mais affreuse, tout en lui inspirant, sur le moment, une sorte de haine contre la séduisante niña, lui révélait avec clarté ce qu'il n'avait fait que soupçonner jusque-là sans vouloir se l'avouer à lui-même. Non seulement il avait aimé cette Pepa d'un amour idéalisant, magnifiant, qui était depuis quelques mois le parfum et la poésie de son existence, mais encore il la désirait avec une sauvage envie de martyriser ses délicates chairs d'irritante orgueilleuse. – Avant de venir admirer chaque jour devant la fenêtre son visage d'une exquise et barbare beauté, encadrée par le postigo, il avait rencontré plusieurs fois la superbe fille dans des verbenas[12], – son corps élancé, mais richement développé, aux formes finement plantureuses, moulé dans des robes justes et balancé par la marche ou la danse en un « meneo » ultra sévillan. Maintenant surtout, il était hanté du rêve de l'attaquer, – de l'étreindre, de la faire crier, de la violer, de la souiller brutalement, – avec délices. Cette obsession devenue trop forte et peut-être aussi dangereuse par ses suites probables pour les siens que pour lui-même, l'avait, autant que la misère menaçante, déterminé à s'exiler.

Mais que lui voulaient ces visions vieilles de vingt-deux ans, non pas oubliées mais atténuées, estompées d'ordinaire au point qu'il n'apercevait, n'éprouvait plus rien que de confus en évoquant le passé ? – Il

---

12 Fêtes locales.

n'était jamais, certes, bien longtemps sans penser à ses îles, seules terres où l'on pût, selon lui, jouir d'une vie normale et complète, mais généralement il n'en revoyait pour ainsi dire qu'un tableau à la fois, poétisé par la distance, bien entendu, mais aussi réduit à la condition d'image presque irréelle.

Aujourd'hui, tout l'Est de la vallée avait repassé sous ses yeux avec le détail de ses vivantes végétations, son mouvement de carros cahotants, d'ânes et de mules aux cavaliers rustiques et déguenillés, de vieux mendiants, de fortes filles débraillées à foulards jaunes ou noirs recouverts ou non de carnavalesques petits chapeaux de paille masculins dont les bords étroits se retroussaient : avec ses horizons ou ses talus, le relief et la couleur de sa route, les sourires ou les grimaces de ses maisons. Que signifiait encore cette reproduction, minutieuse jusqu'à la sottise, d'une scène dont il avait réussi depuis longtemps à chasser le souvenir, dont il s'était évertué à détruire, en quelque sorte, l'existence momentanée, – dont il était aussi fantastiquement impossible d'attendre la réapparition qu'il eût été fou et imbécile de dire : Je vais tirer une jolie épreuve bien soignée de ce cliché photographique si consciencieusement pulvérisé par les talons de mes bottes !

Était-ce un présage – et de quoi ? Charmante absurdité !

Benigno se reprit tout à fait et regarda l'heure à sa montre. Il y avait exactement dix minutes qu'il s'était embarqué dans le canot de Gundemaro-Caracoles avec la ferme résolution d'aller se refaire, après des jeûnes de toute espèce, à bord d'un bienheureux « Patagon » encore invisible. En ces six cents secondes, il avait revécu en détail trois ou quatre heures des plus cruellement décisives de sa vie. Cela devait pourtant avoir un sens : un malheur l'attendait-il à bord ? Ou alors pourquoi ces... choses l'assaillaient-elles, – lui – un homme sans imagination ? Et il avait, de coutume, un beau mépris pour les gens qui « se font des idées ! » Qu'allait-il arriver, Jésus mi Dios ? – Eh rien du tout, idiot, brute ! On mangeait si mal dans cette horreur de pays qu'au bout de quinze ans de régime on pouvait bien avoir une fois des vertiges par suite de débilité d'estomac, – d'anémie ! Sans aucun doute il était trop content d'aller se lester légèrement et se divertir et sa joie lui montait à la tête !

L'un des Indios-canotiers tannés ou verdâtres à têtes de grenouilles mourantes ou de tortues hors d'âge poussa un assez hideux grognement : « Mire Usted ! El vapor ! »[13]

Et, de fait, on apercevait très loin sur l'eau une espèce de minuscule bouchon noirci planté d'allumettes charbonneuses, le tout surmonté d'une bouffée de fumée âcre.

Benigno éprouva la sensation d'un voyageur qui sait approcher du buffet après avoir roulé toute la nuit dans un train de chemin de fer : Bueno ! bueno ! on allait rire ! Dès que l'aurait un peu réconforté un petit déjeuner fin où il y aurait du vrai bœuf, des légumes indemnes de goût de fer-blanc, du champagne de neuvième marque et des ananas de Guayaquil – ou de plus loin – il allait un peu oublier la Señ'a Pepa Ramos en compagnie de quelque bonne personne moins nigaude que cette fâcheuse pimbêche, et à coup sûr beaucoup plus élégante d'après son esthétique de Sud-Américain. Oui, il la mettrait un peu à la porte de sa mémoire cette Pepa – en compagnie de deux autres, du reste, qui ne valaient guère mieux qu'elle.

Et tandis que le steamer grossissait tout

____
13 Regardez !... Le vapeur !...

doucement, s'allongeait, prenait forme, il eut une nouvelle « absence ».

« Oui ! se dit-il, après cet effroyable début en amour, j'ai rencontré un certain nombre de femmes qui m'ont, plus ou moins, intéressé pour une raison ou pour une autre. Mais deux seulement ont fait une assez profonde impression sur moi. »

Et il songea d'abord à cette Rosa Hueracocha qui avait naguère passé quelques mois à Toboadongo, mais avait abandonné la côte de Tarapaca, rebutée par la désolante tristesse de la bourgade chilienne et de ses alentours !

Une robuste et superbe Chola d'Iquitos professionnellement galante, un peu trop brune et massive mais de formes admirablement moulées, – d'une lasciveté presque comique à force d'être débordante... Benigno avait passé avec elle de trop rares heures d'ivresse charnelle que ne troublait jamais l'ombre d'un autre sentiment. Une splendide brute : ni plus ni moins ! – stupide, violente, – saoule, du reste, sept fois par semaine.

Quel contraste, s'il comparait cette magnifique sauvagesse à une autre femme qu'il aimait presque, – presque, oui ! – et qu'il aimerait peut-être un jour tout à fait en dépit d'il ne savait quelle inquiétude toujours éprouvée en sa présence. Celle-là, bien qu'elle appartînt à la même race que la Hueracocha, semblait sortie d'une autre planète. Une femme ? Bien plutôt une petite idole, une statuette de vieil or où ne vivaient que des yeux très profonds. Elle venait de la haute vallée froide, mystérieuse et fleurie de Huazco, l'ancienne capitale de Chamahuacalpa. Il courait des histoires assez ridicules sur ses parents, deux vieux Indios de race presque pure – ratatinés, au teint de tabac sec, – le père, toujours coiffé d'un énorme jipijapa[14] (on ne le lui avait jamais vu retirer et les gamins du pays prétendaient qu'il dormait avec,) bougon, maussade, sournois, ne répondant à ses interlocuteurs que par des monosyllabes illustrés de terrifiantes grimaces ; la mère à la fois guenuche et perruche, criarde, insolente, combative, capable de guetter huit jours de suite un enfant qui avait... arrosé sa porte ou tiré sa sonnette – unique dans le pays – capable de guetter huit jours de suite ce délinquant, à seule fin de l'assommer à coups de balai ou de lui verser de sa fenêtre sur la tête un seau d'eau glacée ; – et le contenant suivait toujours le contenu. Tant pis s'il y avait des bosses au métal ou au crâne !

Il eut été fort raisonnable de conjecturer d'après la simple mine du « vieux séché » qu'il avait joué quelques vilains tours aux tiroirs-caisses de sa patrie et songé à temps que les frontières étaient faites pour être passées en cas de danger.

Mais non ! Les habitants du littoral de Tarapaca n'aimaient pas des explications si naïves. Ils voulaient à toute force que ce bonhomme en pain d'épice et la vieille sorcière qui lui tenait ou lui avait tenu lieu de femme possédassent l'un et l'autre le droit absolu de s'enfoncer jusque sur les oreilles la couronne des Fils du Soleil – s'ils avaient jamais la chance invraisemblable de remettre la main sur cet objet somptuaire : – une couronne vieille de quatre cents ans et très probablement fabriquée en plumes...

Leur popularité, affirmait-on, avait inspiré au sieur Cayetano Borracho, président d'une république voisine, et jadis intermittent général de division, une terreur de la force nominale ou effective de quelque cinq cents diables. Et, selon les Taboadongais, le potentat constitutionnel et militaire aux chamarrures à éclipses, avait si vilainement traqué don Prudencio

____

14 Faux panama.

et doña Primitiva Malinca, s'était vengé de ses transes en les faisant, à tant de reprises, empoisonner à moitié ou fusiller aux trois quarts que le couple boucané avait dû se réfugier à l'ombre du drapeau chilien plus ou moins solidement planté sur cette côte jadis péruvienne.

Ils avaient amené avec eux leur fille Soledad, dont ils avaient « promis la main à l'empereur du Brésil » d'ailleurs marié, voire grand-père : mais cela ne faisait rien !

Le jour où cette union serait célébrée, Borracho pouvait boutonner ses guêtres et prendre sa canne : on l'aurait assez vu dans sa capitale !

Reyes, un peu mieux informé que la plupart de ses concitoyens, n'ignorait pas que don Prudencio, riche mais peu dépensier, serait ravi de voir sa fille épouser un explorateur de nitre ou un consignataire quelconque, du moment que ce négociant, de bonne composition et « bien dans ses affaires », consentirait à ne pas arracher la petite idole à la tendresse sentimentale de ses parents, – et à se charger de toutes les dépenses de la famille : doña Primitiva lui avait même fait de très euphémiques et discrètes ouvertures à ce sujet. – Mais Reyes demeurait hésitant : il éprouvait pour Soledad, toute menue et fillette malgré ses vingt ans sonnés, une sorte d'affection très douce et très craintive, une sorte d'adoration nerveuse que ne rassuraient pas, bien au contraire, le sourire assez cruel de la petite et les flammes sombres de ses yeux – d'expression farouche en dépit de leur lustre velouté sous leurs cils lourds d'un noir chaud et brillant.

Le parfum subtil et intense qui émanait de tout l'être délicat de la menue Indienne l'exaltait comme de tristesses héroïques et douloureusement suaves : il eût dit, parfois, qu'il était enivré d'elle, et pourtant il se croyait certain de l'aimer sans désir défini ; même il s'effrayait à l'idée que l'on pût la traiter comme une femme, la posséder... Une brutalité devait briser tout le charme de mystère de la fine créature, ne laisser à sa place qu'une jolie poupée salie. Il allait jusqu'à s'imaginer en d'imbéciles rêveries qu'elle n'était pas de chair vraie, qu'elle n'existait qu'à l'état de symbole.

Et il se disait qu'il avait toujours été le même triste amoureux bizarrement incomplet. Les femmes qui l'avaient plus ou moins remué - et la plupart ne s'étaient guère douté qu'il eût fait la moindre attention à elles, il avait dû, tête et cœur refroidis, sens calmés, les diviser en deux « espèces » fort distinctes : les unes n'avaient parlé qu'à son imagination et à sa tendresse ; les autres, il s'était borné à les convoiter grossièrement, salement (telles ses propres expressions).

Il n'eût jamais songé à obtenir des premières une privauté un peu significative.

Quant aux femmes de la seconde catégorie, il ne voyait en elles que des femelles belles ou non qui l'attiraient de la façon la moins idéale, - tout disparaissait devant leur sexe « et dépendances » (encore une de ses aimables façons de s'exprimer).

Une seule demeurait en dehors de sa « classification » : Pepa, la Pepa d'antan, la méchante railleuse à laquelle il pardonnait maintenant, - Pepa, sa Pepa ! Ah ! celle-là ! Il eût voulu, à ses pieds, balbutier comme un enfant, sous la blancheur des étoiles moins pures que tels rêves qu'elle inspirait, mais tout de suite après, la prendre sauvagement, avec furie, la dévorer d'abominables caresses. Il n'avait connu, ne connaîtrait jamais qu'un seul amour complet : Pepa !

« Mais, brute ! pensa-t-il, tu vas gâter par des

divagations baroques une belle journée de saine joie animale. Elle est loin, ta fameuse Pepa, sans doute grosse comme une tour à l'heure qu'il est, – et comme une tour croulante, encore ! Elle a dû épouser, il y a longtemps, quelque agréable macaque de sang « bleu » mais avarié, dont la laideur s'adoucit d'un joli reflet de millions. C'est une de ces aristocratiques dondons qui se gavent de « dulces », ont un faible pour le jerez et le malvoisie et dorment après leur repas avec un gros chien puceux sur les genoux. Elle reçoit des visites de chanoines nonagénaires et de vieilles dames à mantilles qui portent un petit crachoir à couvercle et une seringue dans leur ridicule. Deux fois par an, elle va jouir de la grande vie de Santa-Cruz, voit au Théâtre municipal une reprise de pièce du temps de Pélage, à la « Plaza », une course de fantômes bovins brouillés avec les bouchers, revient au Puerto ou à La Villa de La Orotava dans une voiture à ressorts spéciaux, – et les chevaux en ont pour un mois à se remettre de l'avoir traînée aller et retour.

Après cela, elle se purge et renouvelle sa provision de malvoisie !... »

Mais, encore une fois, que signifiait cette vision si claire, inquiétante de netteté, qui l'avait si fort troublé tout à l'heure, cette réapparition trop lumineuse de toute la côte nord-ouest de Ténériffe, non pas oubliée mais habituellement tout embrumée dans sa mémoire ?

D'ailleurs, voici que l'odieux passé allait disparaître, caché, barré par cette grosse coque noire qui s'avançait droite sur l'eau, toute proche à présent, cette grosse masse d'une laideur un peu inquiétante mais qui apportait de la joie sûre et facile.

La barque de Benigno s'arrêta, stagna sur les lentes vagues huileuses, – bientôt rejointe par une petite flottille de canots de gabarits variés chargés d'une douzaine de blancs ou de métis clairs redingotes, fourbis, adonisés, qui gourmandaient leurs rameurs en hurlant, pressés d'arriver.

Il y avait même quelques « botes » d'Indios venus en curieux, tout réjouis, les bonnes âmes, à l'idée de voir bientôt monter à bord du « patagon » de fortunés mortels qui allaient s'amuser : Spectacle !

Leur altruisme ne les empêchait peut-être pas de songer qu'ils pouvaient avoir quelques vagues chances de grimper à l'échelle, eux aussi, dès que l'équipage manœuvrerait les treuils pour débarquer les marchandises dans les chalands. Or, avec de la prudence et de l'agilité, on parvient souvent à faire sa jolie rafle sur un vapeur. Bien des petites choses traînent dans les coins. Il suffit de n'être pas trop myope !

Ils attendaient donc placidement la minute favorable.

Le lourd steamer fit une évolution qui le pencha un peu du côté de la flottille : apparurent ses roofs de bois verni aux vitres-joujoux, sa passerelle piétinée par des officiers galonnés, beaux d'importance – et tout son pont d'un blanc rose avec ses drômes et ses filins lovés.

Peu de passagers appuyés sur la lisse. Tant pis ! Il y avait « de la passagère » – et de la bonne espèce ! – dans le Salon des premières et dans les cabines !

Le « patagon » qui s'appelait le « Tumacobamba » ainsi qu'en faisait foi son tableau d'arrière, (il était filleul d'une charmante et paludéenne localité voisine de Guayaquil), le patagon éructa un tonitruant beuglement agrémenté d'un énorme panache de fumée blanche qui s'irisa au soleil tropical. L'échelle de commandement s'abattit le long du bord ; les canots se jetèrent sur leur grosse proie d'une volée de rames, et Benigno ne fut pas le dernier à parvenir sur le pont de la gigantesque boutique flottante.

28

III

Malgré la largeur du paquebot, le salon-comedor[15] très long était relativement étroit, la Compagnie ayant gracieusement prodigué l'espace aux cabines. Toutefois, on avait encore ses coudées franches dans ce restaurant où se prélassait une table babylonienne toute neigeuse de linge damassé, prismatique de cristaux et chargée d'égayantes victuailles. Reyes tatillon et satisfait eut bien le temps de choisir sa place ni trop près ni trop loin de la « descente » qui donnait passage à toutes les brises de la rade, – en face d'une pyramide de chasselas de La Concepcion. Il échangea quelques poignées de mains avec les survenants toboadongais qui s'installaient en habitués, et se plongea dans la lecture attrayante du menu. Et bientôt tinta dans le comedor une réjouissante musique de fourchettes, de cuillers et de couteaux. Le Toboadonga élégant se consolait des sinistres pâtées de la quinzaine.

Averties par ce petit concert, des dames d'allures peut-être un peu trop dignes et maniérées, de styles divers, mais toutes somptueusement attifées et fragrantes de parfums capiteux, quelques-unes peintes et mêmes stuquées avec goût, sortirent une à une de leurs cabines.

---

15 Salle à manger.

Elles se mirent à table discrètement mais bien en vue, commandèrent leur déjeuner aux camarades sans éclats de voix mais du ton résolu de femmes exagérément distinguées, habituées à être vite et bien servies et commencèrent à manger avec de petites mines de créatures éthérées. Bientôt elles se lassèrent d'efforts si matériels, levèrent les yeux, sans doute pour chercher le ciel et ne découvrirent que les panneaux relevés de la claire-voie et la tente beige protégeant le pont : alors elles rabaissèrent leurs regards désappointés et s'aperçurent de la présence de caballeros étrangers.

Tous leurs anciens rêves d'adolescentes durent être réalisés du coup, bien certainement, car elles ne purent s'empêcher de couler de longues et involontaires œillades pleines de fière réserve et de passion triste dans la direction de... chacun des nouveau-venus : trop évidemment toutes les aimèrent tous et avec quelle sombre violence ! Mais il fut également clair qu'elles mourraient plutôt que de parler les premières !

Il fallut bien que les caballeros vinssent à leur secours : l'humanité le commandait aussi bien que la galanterie. Les tendres colombes se rassurèrent et il se forma bientôt des groupes sympathiques : le mince Percy Readymade de la « London and Callao Bank » se familiarisait avec une forte métisse équatorienne des plus basanées ; Rosendo Orocochea, courtier indigène de Toboadongo dont l'épiderme avait le poli et la couleur d'un marron d'Inde s'était pris d'une vive affection, pour une Santiagaise assez rose ; le gros hambourgois Knopff semblait au mieux avec une criquette panaménienne de type chinois : tous, le new-yorkais Artemus Naughtylittleboy, négociant en « omni re scibili », l'ex-colonel Trueno, des Douanes chiliennes, le Commandeur Zumaloagaberry, concessionnaire du Cercle, le Dr Gumersindo Majadero, vétérinaire de l'Armée (?) etc, etc., étaient agréablement pourvus. Le mayordomo du bord écoula sans difficulté quelques décalitres de champagne suisse, de kümmel belge et d'anisette brêmoise.

Peu à peu les séduisantes dames peintes et leurs cavaliers se retirèrent ; des portes de cabines battirent faiblement.

D'autres charmeuses inconsolées avaient déjà quitté de comedor, jugeant « qu'elles étaient trop ! » et Benigno, tout à l'heure si pressé d'atteindre le zenana flottant se vit seul à table avec deux fort jolies femmes d'une imperceptible maturité qui lui faisaient face et le dévoraient des yeux. Il était dans une assez cruelle indécision, presque également attiré par les deux accueillantes princesses : car si ses préférences momentanées l'incitaient à jeter son dévolu sur cette blonde Yankee, – article exceptionnellement rare, – blanche, grasse, poupine, belle d'énormes prunelles bleues, et d'une carnation florale qui devait très peu de chose à l'art, une voix secrète lui parlait en faveur de sa voisine, une Espagnole de la Péninsule, sans doute, à en juger par son teint assez clair, sa chevelure brun-châtain, plutôt que noire et le hardi regard de ses yeux sombres nullement languissants comme ceux de la plupart des Hispano-Américaines. Il sentait, sans pouvoir bien s'expliquer son impression encore vague que celle-ci se révélerait bien plus semblable à « son type » d'amoureuse. Il y avait en elle, songea-t-il, absurdement, un mystère, – un mystère comment dire ?... agréable ?... qu'il était peut-être sur le point de deviner...

Les deux femmes continuaient à le dévisager, en parlant, pour la forme, de choses insignifiantes. Bien qu'il se fût montré envers elles d'une plus que louable munificence et les eût imbibées de champagne, il paraissait cependant si taciturne, affligé d'une élocution si difficile, qu'elles s'adressaient à peine à lui.

Elles commençaient à se figurer qu'elles avaient affaire à un monsieur « plus vicieux que nature » mais pas fier de lui-même et lent à dévoiler ses vilaines inclinations. Tant mieux ! Il serait généreux en conséquence ! Et tout en papotant elles évitaient de le troubler par une interpellation trop directe dans sa confection d'une phrase... ah ! délicate !... par laquelle il les initierait à ses petits projets malpropres. Elles croyaient le « voir venir ». Toutefois comme il tardait vraiment trop et comme son mutisme et sa physionomie contractée finissaient par leur causer une sorte d'irritation nerveuse à peu près insupportable, – elles se concertèrent rapidement, à voix basse, – et ce fut l'Américaine, fille d'une race pudique et riche en circonlocutions, qui lui proposa en termes décents quelque chose... de très vif !

Reyez eut une seconde d'éblouissement : Ô la gamme des chairs pâlement brunes et des chairs blondes laiteuses, subrosées !...

Mais, subitement, il fut pris d'une rage de dégoût ; puis une honte qu'il ne ressentait pas pour lui-même mais bien pour l'une des femmes, – une seule ! – une honte furieuse et comme glaçante le fit frissonner. Il sut que c'était l'Espagnole qu'il voulait, – nulle autre, – et tout de suite !

Sa figure se fit si mauvaise, si menaçante que la blonde poupine devina sa pensée entière sans la moindre explication et s'enfuit apeurée, en jetant sa serviette sur la table à toute volée, non sans avoir gratifié Benigno d'une épithète de « slang » cueillie, à n'en pouvoir douter, dans les jardinets de Fives Points ou dans les riches serres de Sin-Sin.

Reyes demeura seul avec la Péninsulaire (?) qui eut

un sourire satisfait, un grand sourire blanc qui fit plus rouges les arcs charnus de sa bouche exquise ; les narines roses palpitèrent légèrement comme d'orgueil ; ses yeux semblèrent s'élargir et prirent l'éclat qu'auraient des diamants noirs s'il y avait de vrais diamants noirs. Et Benigro se félicita lui-même : « J'ai bien fait d'écouter "la voix". Je n'avais pas compris tout de suite, mais à présent je vois... qu'elle... ressemble un peu à ma Pepa. Je pourrai donc me « faire des illusions ». – Et le mirage de ce matin avait sa raison d'être : j'étais averti qu'une sorte de reflet de la seule femme aimée venait jusqu'à moi ! »

Et il adressa quelques mots à l'Espagnole qui se leva – non sans avoir signifié son acquiescement.

« Con mil amores ! »[16] avait-elle dit. – Benigno en eut un léger haut-le-corps et la regarda quitter son fauteuil, se remettre sur pieds d'un coup de reins comme dansant suivi d'une prompte et souple torsion de la taille et des hanches qu'il crut bien reconnaître.

Encore qu'elle parlât espagnol avec un accent neutre qui ne pouvait guère révéler sa province natale, la locution qu'elle venait d'employer était presque exclusivement ténériffienne. Il ne sut s'empêcher de l'interroger :

— Voici une petite phrase qui me ferait croire que vous êtes isleña[17].

— Vous connaissez les Canarias ! s'écria-t-elle d'un ton vaguement alarmé.

— Très peu, très peu ! se hâta de répondre Benigno. J'ai fait jadis escale à Santa-Cruz de Ténériffe et passé deux jours dans l'île.

— Ah, tant mieux, fit-elle involontairement.

Elle rougit et se reprit :

— Je voulais dire que... nous sommes si loin de mon

---

16 Très volontiers (littéralement : avec mille amours).
17 Insulaire, – canarienne.

pays que je ne vois guère d'inconvénient à vous avouer que je suis tinerfeña[18].

— De Santa-Cruz ? De La Laguna ?... du Puerto ?

Elle perçut l'hésitation et, cette fois, devint très pâle, se troubla :

— Du Puerto ? Vous me connaissez !... Non, ce n'est pas possible ! Ne me dites pas cela !

— Comment voulez-vous que je vous connaisse puisque je n'ai jamais été qu'à Santa-Cruz ! Je vous parle du Puerto comme je vous citerais Icod, Guimar ou Granadilla, – des noms que j'ai entendus... Rien de plus !

Mais il était lui-même très ému. Il avait la presque certitude qu'il voyait Pepa devant lui. Eh oui ! aveugle ! Il n'y avait jamais eu deux Pepa dans le Puerto ! C'était elle !

C'était elle, changée, – mais pas comme il l'aurait cru : les traits demeuraient très semblables à ce qu'ils avaient été jadis ; l'expression seule différait, la physionomie avait dû se modifier dans un sens tandis que ses souvenirs à lui l'altéraient dans un autre. C'était pour cela qu'il ne l'avait pas reconnue tout de suite.

C'était Pepa, plus forte, plus grasse mais non empâtée, incroyablement jeune de lignes pour ses trente-huit ans. Cette pose de cou, ce port de tête n'avaient pas leurs pareils. Le teint rose-thé s'était ambré un peu tout en restant transparent, mais la bouche n'avait pas varié : ses arcs rouges délicatement charnus n'avaient rien perdu de leur grâce grisante ; la courbe du nez caméen s'était peut-être finement accentuée ; le grain de beauté semblait une idée moins noir qu'avant ; cette fossette s'était légèrement comblée ; mais le dessin de tout le visage gardait sa fermeté, son style propre. Le seul grand

____

18 Ténériffienne.

changement s'était passé dans les yeux.

Il se fit violence pour ne pas lui crier : « Oui, je te connais ! Je t'aime depuis des années, des années ! Si je n'ai compté pour rien dans la vie, tu as tenu une place immense dans la mienne ! »

Et, – assez vilainement – il n'éprouvait aucun chagrin de la chute de la seule femme qui eût incarné toutes ses aspirations amoureuses. Au contraire ; – et il s'en haïssait, en concevait pour lui-même un mépris violent sans pouvoir se contraindre à penser avec moins de bassesse.

Ah ! qu'il eût été s'aviser de dire à la Pepa d'antan une parole insolemment tendre alors qu'elle jouissait du frais et de la lumière nacrée du soir à la fenêtre de sa maison rose !

La niña l'eût fait jeter dans le ruisseau par quelque péon canarien semblable à la brute indienne qui pansait aujourd'hui un vieux cheval dans certaine écurie de Toboadongo ! Qu'elle fût seulement devenue pareille à la grosse Pepa bien mariée, trop bien rentée, croulante, abrutie et béate imaginée ce matin même et qu'elle eût eu l'invraisemblable, l'impossible caprice de s'offrir à lui !... Ô la déception aggravée d'incurable dégoût !

Dans les circonstances actuelles, au contraire, tout allait le mieux du monde : elle n'avait aucune envie de se refuser, parbleu ! et, conservée par les soins de minutieuse coquetterie qu'« exigait impérieusement sa... profession jusqu'à un certain point dégradante, – pas si blâmable, après tout ! » s'affirmait Benigno, – elle pouvait lui donner tout le bonheur qu'il avait autrefois désiré d'elle.

Mais il ne lui dirait rien, ne lui laisserait rien soupçonner. Elle l'avait tant méprisé ; si honteusement traité « dans le bon temps » qu'elle eût été capable de lui faire quelque fâcheuse avanie, même aujourd'hui !

Il allait « profiter de la situation » ! Tant pis et tant mieux ! Après tout ce n'était qu'une...

Mais il ne comprit jamais, par la suite, comment il avait pu, à la même minute, se sentir le cœur si serré et se délecter si méchamment d'une affreuse joie triomphante et un peu ignoble.

IV

Il était depuis un moment dans la cabine de Pepa, une cabine spacieuse, et presque élégante – et il ne se hâtait plus... retenu peut-être, par une dernière délicatesse... absurde ! ya lo creo ! Il voulait, sans rien avouer de ce qui lui était personnel, causer, savoir, et ne se décidait pas à parler. Toutefois, comme il ne pouvait rester éternellement là debout, l'air embarrassé, tout à coup malheureux, – à passer en revue le mobilier, les rideaux grenat, la couchette numérotée, le large divan de velours allemand, les pliants de reps pareil à l'étoffe des rideaux, la toilette de métal émaillé jouant l'ivoire, la natte de Manille du plancher, les penderies et la tulipe électrique, il passa son bras autour de la taille fine et robuste de la Tinerfeña, s'assit avec elle sur le canapé d'un rembourrage louable, et dit au hasard la première banalité venue, comptant bien que la chance, les hasards d'un bavardage quelconque lui fourniraient un prétexte pour la questionner :

— Y a-t-il longtemps que tu... voyages sur ces steamers ?

Elle le regarda comme avec une petite méfiance dans l'œil, puis reprit une physionomie indifférente et répondit :

— Ce n'est que la seconde fois que je « fais la côte ». La première fois, j'avais pris passage sur le

Sorato.

— J'ai été alors moins heureux qu'aujourd'hui. Je ne manque jamais l'entrée d'un patagon et je ne t'ai pas vue ! (Il essaya de plaisanter). Des occupations professionnelles te retenaient sans doute hors du Salon ?

— Je te demande pardon. C'est toi qui m'as paru très occupé. Je t'ai fort bien vu, moi, sans attacher une importance énorme à ta présence (soit dit sans vouloir t'offenser), car tu étais en flirtation avec une jeune personne des plus agréables et – l'intérêt que je porte aux visiteurs est tout « professionnel » comme tu le dis si affablement. Alors... tu étais un Toboadongais comme les autres, tu comprends ! Mais je n'oublie jamais une figure rencontrée.

Benigno tressaillit. Il chercha vivement à lire dans les yeux de Pepa le sens de cette dernière phrase : voulait-elle insinuer... ? Mais non ! L'expression des beaux yeux noirs était si détachée, – à peine ironique, et encore ! Il se moqua intérieurement de sa propre présomption : Pepa s'exagérait un peu la puissance de sa mémoire – et c'était tout ! Il essaya cependant de l'obliger à trahir son intention, – si elle en avait eu quelqu'une – en lui disant avec une certaine brusquerie :

— Cette précieuse faculté de reconnaître à première vue les gens les plus indifférents, tu ne dois pas avoir à l'exercer souvent au profit de tes compatriotes ?

— En effet, riposta-t-elle froidement, les Tinerfeños sont très rares sur cette côte : je n'en ai encore rencontré aucun, et, le cas échéant, j'esquiverais la reconnaissance, car vraiment, à Caracas, j'ai été obsédée de visages familiers, narquois, me semblait-il.

— Ah ! tu as habité le Venezuela ?

— Plus de dix ans. J'étais... dans le commerce et j'ai

longtemps gagné ma vie. Mais les affaires ont périclité et j'ai dû chercher autre chose, d'abord à La Havane où les Canariens ne manquent pas non plus, hélas ! – ensuite dans ces régions-ci...

— Je vois que ce n'est pas d'hier que tu as abandonné Ténériffe.

— J'étais toute jeune quand je suis partie de chez moi.

— Et tu n'as jamais eu l'envie de retourner aux Canaries ?

Les yeux de Pepa brillèrent de colère et ce fut avec une singulière énergie qu'elle répondit :

— Non, par exemple ! Dios me libre ! J'y ai trop souffert ! – Mon père avait été riche. Je n'ai jamais su au juste ce qu'il faisait, mais il avait eu de l'argent : de cela je suis sûre. Pourtant il est mort ruiné... il n'a laissé que des dettes. Alors le... l'individu que je devais épouser s'est conduit avec moi comme un malandrin... S'il s'était encore contenté de me laisser là !... Mais il a d'abord affecté de vouloir se charger de moi, – tu comprends ? Ensuite il m'a jeté à la rue ! J'en ai pris un autre, oui un autre gredin qui m'a emmenée à La Havane où il m'a oubliée quand il a trouvé une place lucrative dans l'intérieur de l'île... Alors, tu vois : Caracas, puis encore La Havane, – enfin cette maudite côte sur ce lupanar à roulis ! Tiens ! va-t'en me chercher du jerez et... je ne veux plus parler de cela !

Ils burent. Et Pepa reprit comme si le colloque n'avait subi aucune interruption :

— ... Car tu n'es pas venu pour me confesser, n'est-ce pas ? Alors ! Qu'est-ce que tu attends ?...

Benigno connut désormais dans son existence une demi-heure – une heure, qui sait ? – délicieuse et presque formidable. Elle était demeurée bien jeune, Pepa, la farouche et la suave, – après tant de malheurs ! Ô le merveilleux corps ferme et vibrant, durement et élastiquement plantureux, fragrant de fins et de fauves parfums !

V

Il y eut une rumeur assez forte sur le Tumacobamba et le long du bord. Sous le hublot ouvert, des barques filaient avec un bruit de rames plongeantes et éclaboussantes, ce bruit froidement sonore, déchirant, comme suivi d'une plainte soupirée qui se prolonge.

Des voix montaient, ricanantes, ou querelleuses, rauquements éraillés d'Indios alcooliques, impérieuses et insupportables criailleries de blancs intoxiqués, toujours agressifs, pressés, tourmenteurs et rageusement inquiets, à jeun ou en ribote, grosses plaisanteries et anxieux glapissements de canotiers empêtrés ou railleurs. Et comme de lourdes sarabandes de pas précipités faisaient un tonnerre sur le pont, il fut évident que le Tumacobamba n'allait pas tarder à haler sur ses chaînes d'ancres.

Benigno prit Pepa dans ses bras et l'étreignit avec une violence qui parut la surprendre. Elle le regarda plus fixement que jamais, les yeux dans les yeux, de tout près, puis s'abandonna comme indifférente. Une minute plus tard, Reyes ouvrit brutalement la porte de la cabine comme sous le coup d'une poussée de colère, mais il se retourna vers la belle tinerfeña et lui dit abruptement, hachant les mots :

— Veux-tu que je te libère de ce que tu peux devoir à bord et que je t'emmène à terre, pour toujours ? Le pays est affreux, mais je te ferai une vie possible. Elle sera en tout cas moins révoltante que celle que tu mènes sur ces infamies de boucheries à vapeur. Si tu te refuses à demeurer sur cette côte, je te conduirai où il te plaira. Tout pour t'avoir à moi ! Réponds vite : oui ou non !

— C'est non !... Je ne puis pas... maintenant... Je reviendrai ! Nous en reparlerons quand tu auras réfléchi en mon absence...

— Dis oui – tout de suite ! Je ne saurai plus à présent me passer de toi. Je te veux, tout le temps ! Alors, c'est : oui ! puisque je l'exige, puisque je le fais autant pour toi que pour moi. Mais réponds donc ! Ne m'exaspère pas ! Oui, oui ! tout de suite !... que je te traîne hors de ce sale bateau ! Tu es donc sourde, aveugle et folle ! Faut-il que je te dise tout : Je suis...

— Ne me dis rien ! Je crois que tu as dû me connaître jadis. Je m'en doutais. Mais ne me fais pas le chagrin de me dire ton nom ! Ne comprends-tu pas que, quel que soit ce nom, je souffrirai de l'apprendre, de le réapprendre, plutôt ! Va-t'en ! va-t'en ! Je reviendrai et alors j'aurai eu le temps de me faire une raison. Je te le promets... J'accepterai tout, – après !

— Tu le jures ?

— Oui, oui ! Va-t'en !...

***

Benigno se retrouva près de l'échelle, plus ivre de tristesse et d'espoir que de l'improbe alcool de l'« Inca and Patagonian Company ».

Ce fut presque sans le voir qu'il regarda machinalement le spectacle trop connu du pont de spardeck au moment de l'appareillage, avec les boutiques du roof qui se fermaient, et les Indios qui hurlaient des réclamations ou s'en allaient fièrement avec leurs achats : des pantalons, des cigares, des poules, des bottes, des casseroles, des chapeaux de soie ou des boîtes de conserves. Des veaux beuglaient, des moutons bêlaient en piétinant dans leurs boxes ; des dames légères de seconde marque – et d'entrepont – faisaient d'expansifs adieux à de nouveaux amis promptement devenus chers ou invectivaient d'indélicats clients déjà en fuite.

Il sauta dans la première lancha venue, qui partit aussitôt en longeant la haute coque noire et ventrue.

Le Tumacobamba sous pression ronflait comme un énorme fourneau, râlait, vibrait, semblait trembler sur l'eau.

Quand il passa près des cabines d'arrière, Benigno Reyes voulut contempler encore, à défaut de Pepa, les murailles de fer qui la contenaient, qui limitaient son actuelle existence, qui lui paraissaient, à lui, comme embellies de la posséder, comme imprégnées et parfumées d'Elle.

Et au moment où le gros steamer donnait ses premiers coups d'hélice et faisait mousser bruyamment en épaisse et roulante écume l'eau visqueuse et lourde, déjà plus sombre dans le rapide crépuscule tropical aux enveloppantes gazes d'un bleu violâtre, il aperçut – les traits déjà noyés, – mais reconnaissable à la cambrure de son corps d'une grâce unique. – Pepa, Pepa Ramos penchée au-dessus de la lisse du couronnement.

Elle le guettait donc ! Il était enfin quelque chose pour elle ! Il lui laissait un regret ; elle reviendrait sûrement et il pourrait – bien tard ! – la rendre heureuse, la délivrer des humiliants souvenirs d'un passé auquel il ne voulait plus songer !

Et dans sa joie presque orgueilleuse, – oui, vraiment ! – il se dressa dans la barque, se mit debout en dépit du tangage qui le secouait, lui faisait des jambes de caoutchouc, le menaçait d'une chute ridicule et périlleuse et, dédaigneux du voisinage des rameurs grossiers et sûrement ironiques, il cria de toutes ses forces à l'apparition :

— Hasta luego[19] ! Pepa ! comme s'il eût dû la revoir le soir même.

Malgré tout ce qui venait de se passer entre eux, c'était la première fois qu'il s'adressait à elle en lui donnant son nom.

Il attendit quelques secondes et la voix de sa querida lui parvint, déjà un peu étouffée bien que la distance fût encore assez courte.

— Adios ! adios ! Benigno Reyes !

Adios Benigno Reyes ! À quel moment avait-elle su qui il était ! Sans doute quand il avait été trop tard pour le jeter dehors. Un pressentiment triste dissipa tout son bonheur. Elle avait dit : Adios ! – Le mot n'a pas en espagnol un sens aussi cruellement définitif que l'« adieu » français mais il prenait une signification très grave, répondant à l'impatiente exagération de son : hasta luego !

C'était sûr ! Elle ne reparaîtrait plus et avait tenu à le lui faire bien comprendre avant son départ !

Un instant après il se rassurait en se figurant qu'elle avait obéi à une sorte de mouvement d'amour, à un désir de rendre la séparation moins longue, fût-ce de cinq minutes, en tâchant d'aller vers lui autant que le lui permettait son emprisonnement sur le steamer, en s'efforçant de le voir encore entre les mailles violettes du crépuscule. Qui l'obligeait à venir avouer qu'elle l'avait reconnu, alors qu'elle affirmait que la présence seule d'un compatriote lui était pénible ?

Toutefois, Reyes fit une rentrée assez mélancolique dans Toboadongo dont les lampes électriques ne brillaient pas encore. Des spectres d'Indios erraient

---

19 Bientôt ! à tout à l'heure !

sur le quai, des chiens affamés grondaient. Il y avait comme un mystère menaçant dans l'air funèbrement velouté de nuit. Une brise presque froide soufflait, apportant une odeur de vieux goudron, de suif aigre, de vase, de cordes mouillées, de cucurrachas[20], de bois moisi, de trous à rats. Une pestilence fiévreuse semblait s'éveiller dans l'obscurité.

Puis un tramway passa, éclairé comme une énorme lanterne chinoise ; tout à coup une clarté blafarde jaillit de hauts candélabres, et les ruines habituelles apparurent.

Benigno se sentit glacé par l'aspect morne de sa maison qu'il avait naguère jugée l'une des plus riantes du pays, s'effraya de retrouver la déplaisante figure de sa vieille bonne indienne, et fut saisi, pour la première fois de sa vie, d'un véritable accès de rage en découvrant... son cheval dans la salle à manger. Il est bon de dire que cette présence indue était moins sacrilège qu'ailleurs, à Toboadongo, où les portes des écuries ouvraient généralement sur des pièces habitées. Mais, cette fois, Benigno ne sut plus se contraindre au plus léger effort d'indulgence pour une incartade usuelle et tolérée dans tout le Sud-Amérique. Il chassa vers son box, non sans l'avoir vigoureusement épousseté à coups de canne, le vénérable palefroi qui, plutôt ironique, le vieux drôle ! – le cou allongé vers le plancher, les oreilles tombantes, ses gros naseaux écarquillés, soufflait et bavait dans la bouche béante du sacripant de péon à tête de vacher. Ce dernier affalé sur le sol, ivre-mort, tenait encore dans une main une étrille, dans l'autre un verre à moitié plein dans lequel achevait de se noyer une forte araignée velue et noire.

Reyes était si furieux qu'il leva le pied... Mais après une seconde de réflexion, il se contenta d'empoigner

---

20 Cancrelats géants.

Aristobulo, l'indigne palefrenier, et de l'envoyer rouler sur la paille de l'écurie. Cela fait, il claqua les portes et s'en fut au Cercle, – plein d'horreur pour la vie qu'il lui fallait reprendre.

... Ah ! dans quelles navrantes circonstances il avait connu, si tard ! – sa première heure d'amour complet !

VI

... Pepa Ramos ne revint jamais à Toboadongo : Pendant plus de deux ans, Reyes s'obstina, sans conserver le moindre espoir, à visiter les uns après les autres tous les « Incas and Patagonians » qui mouillaient dans l'affligeante rade. Il harassa de questions le personnel de chacun de ces paquebots, devint un objet de crainte pour les pursers-commissaires et transforma la plupart des mayordomos en bêtes fauves acharnées à sa perte. Ils droguèrent son vin, fourbirent ses fourchettes avec de la coloquinte, délayèrent du cirage dans son café.

Mais il tint bon jusqu'au jour où, ayant rencontré à bord de l'Araguayo son ancienne amie la chola Rosa Hueracocha, il parvint à l'emmener à terre en lui promettant des colliers de piastres. Il crut se consoler avec elle pendant trois mois au cours desquels la fille de la vallée amazonienne vida ses armoires, l'injuria, le battit, se grisa en compagnie du péon et scarifia de coups de griffes le visage tanné de la bonne indienne, en des luttes journalières. Elle finit par s'enfuir avec un mercanti chinois et plusieurs sacs de butin.

Benigno un instant comme soulagé – et alangui par une mélancolie calmement désespérée fut, bientôt après son départ, tourmenté de nouveau par le souvenir de Pepa qui s'était, pendant les douze semaines, pour ainsi dire, endormi en lui. Il songea encore à « réaliser » tout ce qu'il possédait et à s'en aller très loin, peut-être à Ténériffe, mais, au bout de quelques jours de réflexions, ce projet s'évanouit pour ne plus reprendre forme. Il était parfaitement certain de ne pas retrouver sa querida aux Canaries. Elle avait manifesté avec netteté son intention de se soustraire à jamais aux commentaires de ses bienveillants compatriotes et, sans Pepa, Ténériffe ne serait plus qu'une sorte de cimetière de ses rêves.

Ses parents étaient morts, à présent, dans la jolie finca dont, tout gamin, il avait souhaité la possession et qu'il venait de faire acheter pour eux. Que deviendrait-il, seul, sous l'ombrage comme endeuillé des figuiers et des tamarix, à la musique monotone des rivulets dans les bassins, perdu dans les hauteurs, entre la tache bleue lointaine de l'Océan miroitant tristement sous un lacis de branches et les cimes brunes qui vont rejoindre le massif du Pic ?

Il ne fréquenterait jamais des gens qui pouvaient, un jour ou l'autre, sans méchanceté, par simple désœuvrement, par pénurie d'idées à exprimer, lui raconter sur Pepa telles anecdotes que le lent et presque inconscient travail de deux générations de narrateurs aurait enjolivées de précieuses malpropretés. Or, Benigno, comme beaucoup de bons esprits, de la bonne moyenne, vite fatigués de passer en revue leurs propres pensées, judicieuses sans doute, mais plus remarquables par leur qualité que par leur quantité, avait horreur de la solitude.

Il remit donc son rapatriement aux calendes grecques, se disant que plus tard, à une époque où son chagrin se serait usé par la durée, il se ferait peut-être que – la vieillesse menaçante, un affaiblissement de ses facultés « intellectuelles », qui savait ? pourquoi pas un doux gâtisme ? – l'amèneraient à vouloir terminer son existence dans le décor où s'était écoulée sa vie d'enfant, – à souhaiter de reprendre tout, en quelque sorte, au point de départ, avant les ennuis, les déceptions, les douleurs. Et alors – il y aurait encore des paquebots pour le retransporter chez lui.

En attendant, il était, sans doute, préférable de tenter un nouvel avatar.

Il y songea des semaines et des mois et se vit, successivement, dans un laborieux effort d'imagination, marchand de lard à Chicago, squatter en Australie, colon à Bornéo, approvisionneur de navires en Nouvelle-Guinée, époux-acquéreur d'une princesse polynésienne pourvue d'un royaume de quelques milles carrés. Cette dernière vision aimanta de nouveau sa pensée vers la fausse héritière des Incas, toujours disponible malgré les cavernes pleines d'or, les mines de rubis, de saphirs, d'émeraudes et de diamants roses, que lui prêtait l'inépuisable et facile générosité toboadongaise. Il n'y avait pas à dire : les parents jetaient un froid !

Et Benigno reparut dans le salon vert-bouteille sans que la petite idole s'en aperçût de façon bien positive.

Mais don Prudencio et doña Primitiva n'avaient pas facilement pris leur parti de la désertion d'un gendre présomptif aussi enviable et ne s'étaient lassés de le harceler d'attentions gracieuses que le jour où Benigno avait nettement sommé le chef de la brune communauté d'aller faire trembloter ailleurs les vastes et agaçantes ailes de son inamovible chapeau de Jipijapa.

Ils accueillirent son retour en pleurant et leurs larmes ne leur coûtèrent qu'un effort des moins méritoires.

Reyes devint la consciente et résolue victime de leurs manœuvres matrimoniales. Il en inventa même à leur profit et tomba de l'air le plus innocent que l'on pût rêver dans des panneaux qu'il avait machinés presque tout seul.

C'est eux qui l'épousèrent bien plus que Soledad parfaitement dédaigneuse des conventions sociales et aussi émue par son propre mariage que par la mort d'un chah de Perse ou l'accession de Cayetano Borracho – tout botté – au trône de Chamahuacalpa.

Le lendemain de ces noces trop paisibles, le tinerfeño savait, à ne pouvoir s'y méprendre, qu'il avait lié sa vie à l'existence purement mécanique d'une sorte de joli automate dont il ne possédait même pas la clef.

Jamais Soledad ne le contraria. Jamais elle ne lui fit mauvaise figure ; ne parlant guère qu'à ses parents – et encore ! Jamais elle ne lui exprima, directement du moins, ni un souhait personnel ni une velléité d'opposition. Elle se contentait de le subir avec une exaspérante bonne volonté ennuyée. Elle ne compta bientôt plus pour lui.

En revanche, comme Benigno était devenu à peu près indifférent à tout ce qui pouvait lui arriver après les lamentables dénouements de ses trois histoires d'amour, il tomba sous la coupe de doña Primitiva, qu'il finit par craindre et par aimer comme aiment les chiens battus : parce qu'elle ne le maltraitait pas toujours. Elle se substitua résolument à sa femme, – pas en tout, par bonheur (bien que les Toboadongais, ces mauvaises langues...) et lui fit connaître, en même temps que les raffinées persécutions de la belle-mère, les sauvages et perpétuels ululements de l'épouse incomprise, réclamatrice, méfiante, odieuse de brutale jalousie... Dame ! puisque Soledad ne voulait pas se défendre et qu'il fallait la protéger malgré elle !

Cette consciencieuse mégère le bouscula, l'ahurit, lui imposa des habitudes, le nourrit à sa guise d'après des systèmes aïmaras et quichuas, rogna sur son argent de poche, le vêtit selon son goût, à elle, le transforma en caricature, en passif et désolé et reconnaissant chien savant qui faisait le beau pour qu'on le laissât dormir après...

Don Prudencio dont le mutisme devenait presque jovial, maintenant qu'il accumulait ses revenus sans en distraire un cuarto[21] et réalisait même une économie chaque fois qu'il fumait un cigare dit « de luxe » ou s'assimilait une copita[22] d'un vitriol « supérieur », dispensait à toute la maisonnée d'éblouissants sourires indiens pleins de significations profondes. Son jipijapa finissait par ressembler à l'auréole d'un saint tropical très laid et un peu canaille, mais joyeux « en dedans ».

Il y eut sur la côte de Tarapaca une famille exemplaire !...

---

21 Trois centimes.
22 Petit verre.

VII

Un jour que Benigno, décidé à dire adieu aux affaires, mais enragé de complaire à doña Primitiva peu désireuse de « laisser des créances en souffrances », avait entrepris le court voyage de Toboadongo à Iquique à seule fin de réclamer des sommes au dernier de ses débiteurs, – il entra, sans trop savoir pourquoi mais poussé par un instinct dont il ne fut pas le maître, dans le « Grand Bazar Nacional y Parisiano » de don Eulogio Fuencarral y Berrindoagarraga.

Il connaissait un peu le propriétaire de ce pompeux établissement. Toutefois, le besoin de serrer la main loyale et velue de l'industriel n'était pas assez impérieux en lui pour l'attirer seul vers les étalages de vaisselle à fleurs, de pots de pommade, de ceintures de gymnastique, de lunetterie et de pantoufles pseudo-turques.

Don Elogio lui parut bizarre, contraint, comme ennuyé de le voir. Reyes ne s'en préoccupa guère et, – pour justifier, en quelque sorte, sa visite parfaitement inutile, – marchanda certain portefeuille, le seul qui fût noir et de fabrication décente au milieu d'une grosse de ces vagues maroquins.

— De vrai, don Benigno ! s'écria le distingué négociant, c'est une chose merveilleuse ! C'est vous qui me fournissez une transition pour vous parler d'une légère, d'une vénielle négligence que j'ai à cœur de réparer. Voyez ! c'est le seul article de seconde main que renferme mon petit Louvre si connu dans toutes les Amériques pour ne vendre que des articles admirablement établis et neufs ! Mais ce portefeuille était en si bon état que je n'ai pas cru devoir être assez cruel pour en priver l'un de mes innombrables clients, sous le prétexte qu'il avait servi – oh ! si peu, sans doute ! – Regardez : Pas une éraillure ! Et le cuir, de première qualité, n'est terni nulle part. Frais comme l'œil d'un enfant ! Et savez-vous que c'est par une interposition de la divine Providence que l'objet vous plaît ainsi, tout de suite, à peine entrevu ! Car – et la grosse voix gutturale de don Eulogio prit un ton sacerdotalement confidentiel, – car, mon cher ami, ce portefeuille vous était vraiment destiné par cette Providence, à vous, – à vous seul !

Benigno crut le Fuencarral victime d'un subit accès de folie peut-être dangereuse : il fouilla dans sa poche à revolver.

Mais don Eulogio reprit avec beaucoup de calme, non cependant sans une faible, – très faible – nuance d'embarras :

— Je l'ai acheté, ce portefeuille, au Callao, à l'Agence des « Patagons », avec tout un lot de robes, de bijoux et autres babioles de l'équipage d'une señora passagère décédée, il y a quelque six mois, entre Guayaquil et Payta, – sans héritiers connus. Or, j'avais retiré distraitement de ce portefeuille une enveloppe et un paquet de photographies que j'avais placées dans le premier tiroir venu, sans les regarder. Mais, voici peu de semaines de cela, cherchant un jour une vieille facture ou un compte de frais, j'ai remis la main sur l'enveloppe et quelle n'a pas été ma stupéfaction en la trouvant adressée à don Benigno

Reyes de Toboadongo ! J'aurais dû vous l'envoyer immédiatement, mais... j'ai craint... ou plutôt je me suis dit : « Don Benigno ne sera pas sans nous favoriser de l'une de ses bienvenues et flatteuses visites avant qu'il soit longtemps. Et j'ai attendu. Tenez, je vais vous chercher l'enveloppe et le paquet de portraits.

... Développant un papier de soie, Reyes découvrit une dizaine de portraits de Pepa Ramos, telle qu'il l'avait vue à leur dernière et inoubliable rencontre.

Puis, tout angoissé, il ouvrit l'enveloppe qui portait son nom et son adresse.

Elle renfermait une autre photographie de Pepa, mais de Pepa à seize ans, de la niña qui lui avait si cruellement ri au nez par un soir rose, là-bas, à Ténériffe !

Il retourna la carte : Rien, pas un mot d'écrit ! Qu'avait-il désiré lire là ?

Et il s'absorba dans la contemplation des traits adorables de celle qui avait empoisonné sa vie, – inconscient de la curiosité de Fuencarral y Berrindoagarraga.

Brusquement, il s'imagina que le portrait s'animait. Un rire joli et féroce distendit la bouche exquise, le rire du soir détesté ! Les mignonnes dents apparurent, lumineusement blanches. Mais la face s'émacia, les joues se creusèrent, les yeux s'éteignirent, puis se fermèrent – et Benigno n'eut plus en face de lui qu'un beau visage de morte un peu défiguré par un rictus douloureux.

* * *

... Quand don Eulogio lui eût suffisamment bassiné les tempes de vinaigre et d'alccol, Reyes se leva d'un bond, et voulut s'enfuir dans la rue avec le portefeuille et les portraits. Il allait dépasser le seuil du Gran'Bazar quand la voix de Fuencarral s'éleva, psalmodiant d'un ton de plaintif reproche :

— Hombre ! Le porte-cartes vaut trois pesos !

Benigno revint sur ses pas.

— ... Et les retratos, voyons ! Je ne veux pas surfaire, disons trois autres pesos ! Les éminentissimes photographes de Lima ou de Santiago de Chile ne livrent jamais la douzaine à moins de trois piastres fortes. J'y perds ! Mais qui ne ferait un sacrifice pour vous obliger ? Allons ! Nous dirons en tout sept pesos, les cartes étant dorées sur tranche !

— C'est trop juste ! ricana le tinerfeño qui paya et courut se réfugier à l'hôtel qu'il ne quitta plus jusqu'au départ du vapeur chilien.

Il ne voulait, de sa vie, remettre le pied sur un « patagon ».

* * *

... Sa gratitude pour les sévères gâteries de doña Primitiva grandit encore et son chagrin se mua bientôt en abrutissement. Il battit, d'abord par ordre, puis pour son propre plaisir, les gamins à faces de sous neufs qui disloquaient la sonnette, s'intéressa aux légendes quichuas de sa belle-mère, but du pisco, voire de la chicha avec elle, – l'aida bientôt à perpétrer de hideux travaux prétendus artistiques où des plumes multicolores se combinaient avec des graines desséchées, des perles de verre, de petits coquillages et même avec des écailles nacrées et translucides provenant de certains poissons rares et haut-cotés.

À le voir si raisonnable, Soledad le prit jusqu'à un certain point en affection, peut-être un peu tard.

Il ne sortait presque plus, et, dans la pénombre

55

d'une grande pièce nue où le soleil n'entrait que sous forme de minces nappes jaunes tombantes, pulvérulentes d'atomes, glissant des interstices des jalousies, s'étiola doucement entre les éternels vieillards et la sournoise petite idole, – toujours occupé de minutieuses et niaises besognes.

Il en vint à oublier l'espagnol, à ne plus employer en d'interminables bavardages pleins d'étrangetés saugrenues que le dialecte quichua cher à sa belle-mère, s'imprégna du sens occulte de tels contes de l'autre monde, où des dieux de cuivre rouge, aux chevelures d'astres, aux claquantes ailes de bêtes antédiluviennes, tourmentent avec une profonde et naïve méchanceté d'inquiétants microcéphales ahuris de frayeur et finit par ressembler grotesquement au souriant, placide et grimaçant don Prudencio, – ce dont les deux femmes lui furent reconnaissantes comme d'une preuve d'amitié.

Que ce fût lente infiltration des trois âmes qui cernaient la sienne, ou atavisme de vieil Atlante, plus vieux que les Guanches et secrètement apparenté aux races brunes de l'hémisphère occidental, il éprouva de plus en plus la bizarre et obscure impression de sentir s'éveiller au fond de son être une nature mystérieusement indienne. Il se complut en de longues songeries fantasques dont il n'eut plus bientôt aucune honte, entrevit des soleils qui parlaient, faisaient des moues sauvages en débitant des prédictions horribles et sibyllines, chevaucha des vautours d'or qui l'emportaient vers des cieux aveuglants, tout flaves, mais rouges aussi du sang... de quelles hécatombes ? – s'anéantit à demi en des océans de lumière trop forte, trop glorieusement stupéfiante.

Par les après-midi brûlants où l'acre souffle du port le suffoquait, l'empoisonnait d'une haleine de peste, il rêva aux fraîcheurs ombreuses des nécropoles des hauts plateaux baignés d'un air si violemment bleu que le crépuscule même des voûtes souterraines se teinte de sombre saphir, se vit ridiculement et béatement accroupi dans une grande jarre funéraire comme les bienheureuses momies de Cajamarca et de Huaraz qui sourient depuis trente siècles...

... Et aux rares moments où lui revenait un peu de claire conscience, il comprenait, le cœur serré, que le jour où, sur l'Océan glauque, lui était, de façon si troublante et pour l'unique fois, réapparue sa côte natale, lui annonçant l'approche de l'aimée de ses jeunes années, – avait été le jour de ses adieux à sa terre, à sa race, peut-être même à sa propre personnalité.